KB116431

아직 곁에 두고 있어

책 만 드 는 집 시 인 선 2 2 8

아직 곁에 두고 있어

제만자 시조집

책만드는집

떠나온 곳 마당멀리 쪽으로 버스가 지나다니고 바랭이, 팽이밥, 쇠비름, 메꽃, 강아지풀 등등의 풀꽃이 수없이 피었다 지는 동안, 툇마루에서 간간이 재봉틀 소리가 들리기도 한다. 회귀의 본능보다 솔직히 집착에 가까운 걸음으로 녹슨 기구들의 눈빛을 들여다보며 나는 아직 이곳에 머무르고 있다.

2023년 10월
제만자

| 차례 |

1부

2부

3부

4부

5부

1부

밤길

하행선 기차를 타고 돌아오는 길이다
둔탁하게 부딪는 날이 선 바퀴 소리가
사나흘 떠났던 집을 더 멀리 갖다 둔다

걸음을 재촉하는 창밖도 늦은 시월
마음에 실리는 것들 구멍이 송송한 채
먼 길에 지친 몸 끌고 흔들리며 가고 있다

밥알

한술 뜨지 않고
연홍도 배를 탄 날
버린 물 밑에서 날 빤히 내다보던
폐교 안 빈 문을 여니 밥알이 살아 있었다*

가끔은 어깨 위로 새벽달이 지나가고
아무런 복안 없이 굳힌 날도 저기 뵈네

스치고 지날 뻔했다
버티며 산다는 걸

* 고흥 연홍미술관에서 전시했던 서양화가 이예선의 〈밥알이 살아있
다〉에서.

14

살따구*

거치대 영상 보며 뼈를 깎고 꿰매는 일

그대로 뼈저린 시간 참 못 할 짓이었다

병명은 이면지 끝에 자잘하게 명시됐다

선택의 여지 없이 숨 막히게 에이는 살

내 안을 다독이다 결국엔 무너지며

터져서 쏘아붙인 말 살따구가 아프다

* '살'의 방언.

소리와 소리

문득 경經을 꺼내 뜬눈으로 새운 날은
아득한 한 점 종鐘의 옷깃이 서걱거려
그대로 먹빛이 도는
동종銅鐘 앞에 가서 선다

가시나무 피다 지다 귀향하는 능선 보며
여인 서넛 뒤따르다 터지는 웃음소리
일시에 틈을 비집고
산을 온통 적신다

옥수수

어린 날 객지 나가 키만 쑥 커서 온

못 올 곳 온 것처럼 마당 밖에 서 있는 이

아무도 몰라라 한다, 낯설은 빈집이다

옥수수 익었다며 쫓아오는 권속 있나

차라리 몸을 던진 날짐승 힘이 더 낫다

고향에 쌓이는 것은 훨훨 타는 껍질뿐

흠집

눈을 뗀 사이에 세질 대로 세진 풀

덮으면 한결같을까 마른 흙을 뒤집지만

근성에 발 뻗고 사는 깊은 마력에 물러선다

풀을 헤집는 일은 뼈대를 세우는 거

몇 가닥 실뿌리에 뼈대를 세우려다

상처를 덮고 나서야 흠집임을 알게 된다

초열흘

시상식 보고 오는 날 초열흘 달이 맑아
웃으면 반달 같은 그런 눈을 가진 시인

가득히 채우기보다 품이 있어 따뜻하다

우리의 잎에도 잔무늬가 새겨지고
그만큼 가벼워져 가을 길 참 향기롭다

참았던 웃음이 와락, 강물 위에 쏟아진다

저만큼은

보리암 단풍 길이 인파 속에 더 짙다
이런 일 저런 일에 휘어진 가지가지

내 몸이
무겁다 해도
저만큼은 붉겠나

모르는 사람 속이 절로 비치는 이쯤에
그 많던 잡념조차 하나임을 알 수 있어

내 안이
텅 빈다 해도
저만큼은 희겠나

밭둑 걸음 1

원래 삐딱한, 걸터앉기 그만한 자리이다

민망한 맨발 차림에 질긴 끈을 풀어야

다시는 못 볼 것 같던 훌쩍 큰 풀 냄새 난다

땅 없이 기대는 일도 키우면 만물인 것은

우리를 돌보는 허한 꽃이 너무 사람 닮아서

이 그늘 짙푸르도록 내게 없는 길을 간다

그릇

두 식구만 남아 밥솥 또한 작아지고
손때라도 지우듯 치울 것도 많은 나이
욕심의 그릇을 덜면 더 낮아도 넘친다

물병 1

작은 병 하나 비우듯이 병실에 하루가 간다

머리맡에 밀쳐두고 서너 차례 목 축였을 뿐

마땅히 쓴 곳도 없이 동이 난 이 허전함

파 뿌리

바람에 넘어지고 파도에 휩쓸려서
뾰족이 깎이는 거 바위만이 아니다
오일장 바닥에 부려진
대파 끝도 닳아 짧다

봄볕에 푸석한 건 파 뿌리만 아니다
검은 머리 하얄 때까지 같은 길 걷자 했던
작아진 저 몸에서도
매운 내 진동한다

효열로에서
- 겨울바람

재빠른 시간들이 이 길에서 주춤댈 때

온종일 고개 드는 회리바람 또 분다

만면을 뚫을 수 있다면 버려져도 괜찮아

지나치기 쉬운 아파트 숲 천천히 걸어 들어

발아래 길게 부신 저 강물 눈빛같이

이곳서 재울 수 있다면 헤매어도 괜찮아

흰 것에 눌리다

노숙자의 저 흰 운동화

걸음 멈춘 절간 같다

생각하면 간절한 옷깃 스친 인연인지

통로에 벗어둔 신을 밀치고는 못 지난다

걸터앉던 돌계단에

베개 삼고 드러누워

바람에 꿈쩍 않는 비 젖은 낙엽같이

저토록 나뒹굴어져 가슴 멍해 못 지난다

2부

입김

팔러 온 양말 더미 봄 산처럼 무너져

옷장 열어 털 셈으로 양말 하나 고르는데 고운 색
많다며 입김 넣는 할머니

이 저것 들추다 보면 가닥이 잡힌단다

범람

저 다리를 못 건너고 한꺼번에 가라앉았다

사투를 벌이다 남은, 검디검은 흙의 맨살

그마저 다 타버렸으니 가을 소식 더 휑해

넘쳐서 하나가 된 길은 서로 말을 트고

개망초 번진 언덕 웅어리마저 솟구쳐

이제야 물이 뜨겁다는 말 가슴에 와 박힌다

너덜너덜 덮어버린 어제 일도 사라졌다

못 지켜 내몬 것에 댓잎 소리 들리는데

세상이 버린 잔뼈를 물빛에서 봐야 한다

나팔꽃 집

부서져 가는 집에 나팔꽃만 올라가도

사방으로 흩어지는 바람 소릴 막아준다

그곳을 잃어버릴까 붙들어 지른 넌출

홀로 남은 사람의 마디 굵은 노래인지

속 문드러지는 통한 우지직 들리는 집

가리면 보이는 곳이 거기 또 있었네

백합 향

꽃과 사는 사람은 꽃으로 말을 한다
눈빛은 늘 깊어서 사랑을 아는 흰 꽃

지순한 그대 향기가
나직하게 들린다

앵두 꽃빛

동백꽃 등을 밀고 만개한 앵두꽃 보며

살금살금 언니 따라 몸 앓던 때 있었다

떠나간 그 봄이 와서

꽃 앞을 지나간다

근성

들꽃을 가져와 유리병에 꽂아보았다
꽃은 제 틀을 벗어나지 않는다
꼿꼿이 늘어진 채로 아무 데나 안 섞인다

그때 그 자리서 돌아서야 했던 걸
너 보면 아름답다, 괜히 끌린 늦은 봄날
꾹 눌린 숨은 버릇이 까닭 없이 살아나…

먹빛 하루

늘 열린 산문이라 선뜻 들지 못하고
풀어젖힌 옷이나 실없이 탈탈 털면서
구포둑 걷는 걸음으로 뒤를 따라나선다

한 자식 사랑으로 짝을 맺어 보낸 뒤
할 일 끝냈다며 위로받는 내 친구는
저물녘 이 희미한 길 가벼워진 눈치다

몇 계단 턱을 밟고 서로 맞대 앉아서
소리를 빚는 동종의 먹빛 의미 듣다 보니
마음을 가라앉히는 어둠쯤은 놓고 싶네

야시고개* 넘으며

1

헛것 있단 유래의 길 가슴 덜컥할까 봐
머리끝 동여매고 다리 힘 바짝 올려
한낮이 조용히 밝은 야싯골 넘어간다

2

세상 겁 없고 대책 없이 덤벙일 때
요런 야시들 봐라 한고비 넘겨주던
그 말이 채찍인가 싶다 지금도 콩닥거려

3

곱게만 봐주던 그런 시절 다 지나치고
고개 밑 방값 싸다 그건 옛말이 되어
안심길 따라 걸으며 푸념 섞인 말이 는다

* 부산 북구 구남언덕로.

사철탕집이 있었다

동물 보호 깃발에 밀려 문 닫은 개시장 길

"먹고살 게 이거밖이라" 장사 인생 육십여 년

이제는 떠나려 해도 되려 묶인 몸이란다

질펀하게 사는 얘기 다 듣고 떠났을까

풀어 헤친 영역 한끝 꼬리 슬쩍 내린 자리

그 옆을 지날 때마다 밥풀 핥은 내음 풍긴다

* 2019년 7월 구포장 개시장이 철거됨.

바다에서 부르다

나는 늘 떠 있다 바다라는 이곳에

뒤집은 속 깊이가 훤하게 드러날 때도

한 바퀴 돌자 하고는 자꾸만 멈춰 선다

바다에 와서 보면 그 사람이 보인다

볼 적마다 편한 사람은 바다 같은 사람이다

사시 철 붉은 꽃들이 어깨 너머로 손 내민다

꽃 따라 나비 따라

나비는 날아서 꽃 속에 뛰어들고
꽃잎에 뛰어든 나비는 꽃이 된다
드디어 기다린 봄이 이랑마다 피겠다

등불이 켜져 있을 바다에 접어들자
거리를 두고 살던 아득했던 저 길로
영롱한 눈빛들 살아 물소리를 내며 온다

돌아보면 소중한 거 오롯이 남겼던 거
손잡고 안아보고 아픈 가슴 내려놓고
이 봄에 꽃이 피는 건 우리 다시 꽃 되라고

색 날림
– 꼬리표

세탁소 보낸 옷에 꼬리표가 붙어 왔다
잊고 던져놓았던 터진 솔기 끄트머리
연민을 느낄 만큼의 아주 짧게 적힌 경고

철 되면 할 일인 듯 쉽게도 꺼내 입고
이젠 토닥토닥 부추기는 측은지심
바꿔서 말을 해보면 삶의 물이 든 거다

바지 선 치켜세워 칼주름에 휘어진 등
덩달아 엉거주춤 길 위에서 서성이다
문 앞에 덩그러니 걸려 가을 타는 중이다

해제
−엄마 나이 99

질긴 게 목숨이라지만 그보다 진한 풀
쇠한 기력 앞에 밤낮없이 겨뤄온
맞서던 그들과의 대치
긴 장막을 거두려 하네

들판을 돌아보면 무료한 날이 많았다
덮었던 모포 자락에 그림 패를 놓을 때도
야밤을 뚫고서 피는 그 근성에 눌렸다

매복 없이 묻어둔 또 한봄이 올 수 있게
부추밭 밑둥치 가슴으로 올 수 있게
풀물 든 젖은 날들과
이제 교신을 맺고자 하네

물잠자리
– 고향으로 떠난 스왓 씨

후미진 강기슭 찾아 어지럽게 맴을 돈다

아픔을 끌어안고 스왓이 떠난 날

오늘은 휘는 물조차 허물이라 알 길 없다

남기고 간 발자국을 누구도 읽지 못해

수초에 떠밀려 가는 한 마리 물잠자리

물 위를 걷지 않아도 흔들리는 날이 있다

3부

돌나물 무친 날

한적한 어느 이랑 노지에서 떠왔을

전잎도 그대로인 돌나물에 줄을 선다

한동안 푸석했던 길 기다렸던 봄이다

은근슬쩍 고운 순들 돌아보니 다 떠나고

땅의 가르침이 따스하게 피는 저녁

거친 손 닦는 한편에 상큼한 바람 분다

웃는 모습
– ㄱ고교 졸업사진 찍네!

굴리던 펜을 던지고
잠시 밖을 나와

서로 쭈뼛대며
한군데를 바라보는 건

엎드린 축제의 장에
꽃대 너무 선명해서다

네댓이 배회하다
은밀히 빠져 다닌

고개만 치켜들고
그 나무에 기대는 건

우리들 뒷날이 커서
처음처럼 가고 싶어서다

카톡을 넘기다
– 태국에서 온 눔팁

간헐적인 진통에 숨 턱턱 막혔을 텐데
살 트는 아픔쯤은 그까짓 거 다 잊고
저는요, 아기 낳았어요
말 줄인 하트 뿅뿅

갈 길 한참 먼 것 같은 당돌한 스물 나이
제 자식 거두면서 눈뜨던 그니에게
어머나, 애 많이 썼어요
최고예요 엄지 뿅뿅

또박또박 전한 말 무색함도 주저 없이
낯선 데 떨어진 우리 인연 아니랄까 봐
속정에 배인 몸짓이 자락마다 묻어 있다

장식

점점 먼 이름이던 가을 닿는 소리에

풀숲을 빠져나온 여치 하나 나붙었다

매무새 천진스러운 묵혀둔 매듭 같은

이 저것 가득 걸친 흩어진 나 닦으라

놓쳐도 걸림 없는 모퉁이가 눈부시다

남루도 향기인지라 그 허영을 고쳐 맨다

여름 쪽문

1
비에 옷 젖을까 간신히 눈을 뜨고

철마다 찾아와도 늘 조마조마한 산길 간다

풍광에 한눈팔기 좋은, 쪽문 있어 찾아간다

2
우거진 숲들 제각각 목청 돋우고

목마른 사람들이 툇마루에 걸터앉아

불빛에 모여들듯이 쪽문을 바라본다

또 하나의 부처

- 화전시회 때

봄날 돌담 아래 할미꽃 하나 피어
꽃지짐 뒤집다 말고 가까이 귀를 대면

문 없이 들어선 절간에
번져오는 종소리

자리마다 시끌벅적 새긴 뜻을 담아내는
살면서 얽힌 우리, 인연도 깊디깊어

빈터도 터전인 것을
우뚝 솟은 부처 하나

회로

돌아보지 않아도 보이는 길이 있어
일손 다 제쳐두고 선뜻 나서는 곳은
하나쯤 열어두었던 문 나에게로 가는 길

아직 내게 높은 저 산을 찾아가자
산색이 변하면 다짐도 멀 것 같아
머리채 흔들리는 갈대 가뭇한 나 찾는 길

종이 여행

지하철역 출구쯤서 손에 쥐여주는 봄
암태도, 곰배령, 홍도 + 흑산도, 출발 확정
또 몰라 짐작해 보며 기어코 한 장 받고 만다

어디든 불식간에 덩달아 끼이고 싶다
타성에 흠뻑 젖은 낡은 날 군데군데
번듯이 가볼 만한 곳이 죄다 낯선 곳일지라도

봄날의 일이란 넋을 놓고 바라보는 거
환상의 저 별미에 향 짙은 단내가 나
깊숙이 찔러 넣었던 접은 날을 또 편다

딴마음

냉이를 씻다 말고 마음 바뀔 뻔했다
밥 끓을 시간까지 이 한 줌 찬거리가
들판을 후빌 때처럼
손이 가게 만든다

허리 곧추세우고 스러진 거 다독이고
못 버린 진잎 뒤지며 딴생각이 일 것 같아
엎드려 기다리는 그를
이쯤에서 잊어야겠다

비비추

— 만학도 언니

끈 짧은 가방을 메고

꽃 앞에 다리 꼰 여자

키 크단 말 싫다더니

비비추 빙빙 돌 때

휘지게 배를 내밀고

쨍쨍한 길

이제 가

추수

늘 높은 현실의
담장 밑이 가을이다

덥석 안 먹으면
늙는다는 대추알

못 줘서 미련이던 거
이제는 털어낸다

눈물에 머문 시

뭔가 생각난 듯 길거리서 여자가 운다
고개를 떨굴 만한 마땅한 일 무엇일까
마주쳐 민망할 즈음 신호가 바뀌었다

세상 북받침도 내 탓처럼 미안해서
가까운 십리대밭 길 자욱한 숲에나 가
스스로 순수해지는 그 여유를 건넬까

나이

엎드려 바칠 것 뭐 하나 따로 없어

묻는 말에 꼬리 물고 더듬거릴 때가 있다

가끔은 우울에 묶여 떠밀린 줄도 모른다

"그 언젠가 그대만의 계절이 오면"*…

허한 들판 위를 적셔주는 노랫말에

괜스레 궁금해져서 짚어보는 내 나이

* 임태경의 〈그대의 계절〉에서.

마당멀리*에서 주춤거리다

성근 열매 긁힌 자국 보이는 것만 보세요
틀어진 모양대로 가지 벌어 살았기에
훑어도 몇 안 된다는 말
그 말 참 그립습니다

너른 밭일 끝이 나도 못 올 때가 많았지요
"배춧잎 같은 발소리 타박타박 안 들"**려도
두 시쯤 바른 볕 들면
빈 곳 같지 않았습니다

산 아래 접어드니 밭 옆으로 길이 틔어
부실한 몫 다독이듯 버스가 지나갑니다
의외의 사람 스친 듯
정류장에서 주춤거립니다

* 양산읍에서 원동까지 가는 길에 있는 버스 정류장.
** 기형도 시인의 「엄마 걱정」에서.

요양병원, 자동문 앞에서

누른 일 없었는데 슬그머니 문이 열린다
요양병원 뒷문 쪽 바라만 봤던 산책길
어머니 가지 못한 길 그 길 위에 서 있다

한 번은 열리기를 간절히 바랐다
까다로운 절차나 아득한 기다림 없이
고달픈 세상을 두고 더듬지 않고 편안하길

주저앉아 절망을 한 문 앞에 다시 온다
모든 걸 다 주고 잠시 왔다 갈 때처럼
영원히 기억해야 할 마지막 종이 운다

4부

백로白露에

날出 때보다 들入 때를 아는 바람에 껐다
기세가 시들해진 풀숲을 뒤덮으며
생각할 그런 일 없이 곰곰함이 더해진다

소나기 훑고 지난 벌건 대낮 산동네에선
한바탕 울어대던 굽 낮은 그 새가
어디든 머물고 싶어 걸림 없는 길을 갔다

누구는 정수리에 서리가 내렸다 하고
이 무렵 해거름엔 젖은 손이 찰 법해서
어떻게 가벼워지나 되묻는 일도 많아진다

설거지

어제 못 버린 것을 다 쓸고 지나가는

참지 못해 내뱉은 말 자란 만큼 달래는

새벽녘 치는 도량석

저건 분명 설거지다

좀의 기억

벽을 타고 오르는
좀 한 마리 집어

버린다고 버린 것이
물잔 위에 떠 있다

빚지고 살았었구나
정신이 맑아진다

양말과 휴식 1

탁자 위에 마시다 만 찻잔이 놓여 있고

이야기꽃에 젖어 널린 양말 한 켤레

누가 켠 불빛이 스쳐 저보다 아늑할까

온종일 무엇을 찾아 헤매고 왔어도

늘 젖어 사는 삶은 구겨 있어 온전하다

사라진 추억의 노래 귀에 걸고

쉬고 싶다

양말과 휴식 2

좁다란 감천마을 길 젖은 양말 한 켤레

어두운 섬집 들러 밤을 새우다 왔는지

따라온 나비 한 쌍이 줄을 타며 놀고 있고,

누구의 손짓으로 세상이 피고 지듯

지대가 높은 길 기울어진 등대 끝에

얼었다 녹아내리는 사는 일이 스쳐 간다

임경대*에 내려
−봄, 2021

원동로路 들어서니 부쩍 많아진 사람들
알지 못할 소식에 자주 잠 설치다가
봉쇄된 길을 뚫고서 삼삼사사 모여든다

저녁놀이 장관이란 전망대 그저 높아
시문詩文 남은 숲에 뿌리 맑은 꽃망울들
피다가 주저앉아 버린 아픈 봄을 걷는다

* 경상남도 양산시 원동면 화제리에 위치.

뜨개방

다시 겨울이다
뜨개방 불이 켜지고
첫눈 소식 기다리는 여인 서넛 뒤로
낮잠에 빠져도 좋을 안온함이 흐른다

어제나 다를 바 없어 버릇처럼 꺼내 든 건
아버지의 처진 어깨 아들들의 시린 목덜미
풀릴 듯 풀리지 않아 옷은 자꾸 길어진다

삶은 늘 누구에게 흔들리며 살 일이라
보슬한 실타래같이 끊어질 듯 잇는 기억
밖에는 봄 오는 소리 난다
한두 달 잘 앓았다

나팔꽃

1
남 먼저 피어 가장 오래 남아 있는

말간 꽃 하나에 맘 붙이고 살아

함부로 벼랑이었다고 되뇔 수는 없네

2
황급한 세상의 그 그늘을 들추다

쓸쓸히 타들어 가는 지난여름 잡풀 속에

한 줄기 여운을 두고 청승이랄 수도 없네

3
세상의 은총 같은 꽃 한 송이 피우려고

내 약한 지반 위에 나팔꽃을 심는 거다

뭉개진 꿈자리마다 가장 먼저 피는 꽃

단추를 버리다

한데 모아둔 단추를 내다 버린다
낡은 시간들이 쓸모없이 동그래서
차라리 빈 깡통 열어 요란함을 들으리

어머니 침상에 앉아 단추를 달던 날
사는 일 모를 일이라 낱낱이 쟁여두었던
아끼던 첫 단추 자국 굽은 채 남아 있다

금이 한 되

햇빛 한 줌으로 금 한 되쯤 얻은 것을
주머니 꺼내 열어 마구마구 퍼줄 듯이
부풀다 꺼진 자리에 달처럼 떠 출렁인다

발등 시려 멈춘 날도 다 비춰줄 거라면
좋은 날 만나자 한 그날이 오늘일까
꽃같이 반지에 묻어 네 소식이 닿을 듯

한참 꿈에 젖어 흥에 겨운 황금 조팝
양광이 꽉 찬 봄날 사라질 환幻일망정
지상에 피는 모든 것 부르면 나앉겠다

아직 곁에 두고 있어

사십 년 묵은 재봉틀 아직 곁에 두고 있어
떠밀려 왔다지만 그때는 그랬다고
세월이 얹은 당부를 계산 없이 받아 왔다

한 삼 년씩 여남은 번을 충분히 사는 동안
언 밭의 무처럼 구멍이 나 앓던 일도
그 당부 잊고 살아서 지그재근지 모르겠다

풀리면 다시 잇고 안 풀려도 무릅써야 할
알고 보니 길이란 다 하나로 연결되어
장황히 말할 수 없는 증표라서 둬본다

MASK

손이 닿지 않아 목마름이 길어지고
오롯이 지킨 날도 기약 없이 늘어져
허용된 이 가림의 행위
풀었다가 또 쓴다

우리 서로 떨어져 섬이 된 지 오래다
바람 타는 봄날도 도전하다 해는 넘고
계절을 잊고 살기란
아직은 쉽지 않다

나쁜 손

행운목 곁가지를 싹둑 끊어낸 적 있다
가려야 할 상처를 나무라듯 들쑤셨다
철없이 터지는 봄날이 이후에는 없었다

연잎이 자라다

연잎이 혼자 남아 빈집을 지키는 날

한 뼘씩 쌓아 올려 땅따먹기 하고 논다

엄마가 먼 밭에 간 날

아픈 만큼 키도 큰다

돌밭 나들이

서로 소원疏遠했다며 모처럼 내린 곳이
걸음 헛놓이는 메마른 돌밭이다
더 이상 흔들리지 말자
수심 깊은 이곳에서

상공에서 흩날리며 사라진 두 개의 별*
어쩌면 갖은 사연 돌 하나에 묻어 있어
우리가 품은 기대도 물거품이 지운다

빗나간 세상일에 발목 빠질 때마다
부딪혀 아파하는 구경꾼으로 떠돌다
좌르륵 그릇 물 엎는
돌 구르는 소리에 깬다

* 2021년 8월, 탈출을 위해 미군 수송기 바퀴에 매달렸던 아프간 시
민이 공중에서 지상으로 추락했다는 보도를 읽음.

함께 이겨내야 하는 이 봄에

그래도 경칩인데 어제같이 추울까

한두 주 기다리며 꺾이는 건 말이 안 돼

개천 길 흙을 밟으며 기운을 돋워야지

자세히 본 적 없는 비대면의 날이 길어

쳇바퀴 돌듯 갇혀 산 일상의 틈새로

해마다 마중을 가는 빌금다지 시들겠다

언젠가 춘분에도 흰 눈이 내렸었다

현실은 늘 들솟아 요즘 일들 그렇듯이

아마도 오던 봄이니 뭐 하나에 풀릴 거야

5부

마른 잎

잎이 다 떨어진 늦가을 공원에 오면

쏠아서 텅 빈 것이 나뭇잎만 아니다

몇 바퀴 굴러온 사람도 몸이 자꾸 틀어진다

흔들려 나부끼는 단풍 보러 갈 적엔

성한 데 없이 땜질한 썩은 잎이 되어야

아득히 모서리가 닳은, 번한 길을 볼 수 있다

눈짓
− 재건축 단지, 모란

모든 얼굴에는 감출 수 없는 눈짓이 있다
모퉁이 돌아올 때 지는 모란꽃에도
내 그냥 지나쳐 왔을 쓸쓸함이 비치듯이

이제 끝, 외치며 철문 닫히는 소리에
단비 뿌린 봄날을 몇 번이나 기억하며
서둘러 품을 떠나는 유월은 또 올 것인지

모르긴 몰라도 무슨 피가 섞여 있어
빈집이나 다름없는 모란꽃 처마 끝에
수막새 혼이 깨어나 오늘 더욱 이끌린다

매화꽃 아래서

가지마다 꽃눈 틔워 매화꽃 한창인데
고운 길 그 길에 자리 펴고 누운 형님
이 봄은 저 가지 끝에 안타까움만 얹히겠네

언제 한번 오너라 재촉하듯 불러놓고
이승을 건너신다, 많고 많은 사연 엮어
장단에 날리는 꽃잎 그 시름을 다 푸시나

잠시 붉었다가
허무하게 시드는
우리 슬픈 날도
저 봄풀에 질 것 같아
멀거니 뒤돌아보며
가는 봄을 또 맞네

유월에

가깝고 때로 먼 산 싸리꽃이 피었다

무릎을 적시며 내려오던 새벽길

사람은 멀어졌어도 꽃은 절로 환하다

그러지 아니하여도 땀투성이 유월에

길이란 지나다닌 그 누구의 아픔인지

뜻대로 만든 길 따라 스쳐지는 아버지

나무 이야기

벽은 허물어지고 잎은 썩어 흙이 돼도
감동포성* 지키는 오래된 나무 한 그루
아마도 많은 것들이 흘러간 걸 아나 보다

강 쪽에 드러낸 숨죽인 퍼런 기억을
갈수록 굳어가는 나무만이 알 것 같아
앞날이 멀다 싶을 때 그늘 밑에 가본다

수난의 로힝야족 바다에 떠 외치다
떨리는 몸을 실은 토막 하나 점점 지쳐
또 다른 나무 이야기가 아득하니 묻힌다

* 구포왜성.

신곡 발표

가방의 긴 끈이
땅바닥을 쓸듯이
세련미 뿜뿜 캐리어 끌고 들어선다
한동안
이 분위기는
광장마다 선보일 듯

매번 느는 신곡 발표
명절 선물 따라 보내
요새 누가 격조 없이 큰절하러 안 가요
혼자서
경고음 같은
이모티콘을 해독한다

튤립

식당집 이모는
털 수세미 짜서 팔다
"가지고 간 사람 제자리 갖다 놔라"
집 나간 몇 장 수세미 며칠째 찾더니만

어찌할거나 연지 호수에 봄나들이 와서 보니
이모야 그 수세미 여기저기 모여서
애타는 세상 모르네
알록달록 핀 튤립

주먹
− space-hand*

가만히 치켜든 주먹은 외침이다
간혹 지나치다 허공에 뿌렸던 말
뼛속을 사무치게 하는 그 말일지 모른다

세상에 전하고픈 노래가 있었다면
비로소 주먹 앞에 주먹을 쥐는 것도
쥐다가 피하고 말던 다짐인지 모른다

깨진 꿈도 힘없이 떨치고 말았을 때
이 앞에 꼿꼿이 선 촛불 몇이 모여들까
비추는 조명등 아래 손을 잡아보는 밤

* 조각가 도태근의 작품 제목.

할머니의 기도

아침마다 꼿꼿이 기도하는 할머니

파도 타는 부채춤같이
접은 손 펼칠 때면

근심은 꽃밭을 걸어
하늘하늘 멀어진다

우리가 기대 사는 동그란 세상에는

한판 춤이 어우러져
숨 가쁜 일 많다지만

능선을 돌고 올 때는
힘든 마음 툴툴 턴다

호미질하며 살아보기

따스한 날 몇 걸음 콩을 골라 심으며
이제 사방으로 귀를 트고 살아야겠다
얕은 둑 다독거려서 인심도 좀 사보고

밭 가운데 홀로 핀 도라지꽃 볼 적마다
몸이 단 풀 한 움큼 사연 더러 번져서
그것은 비워둔 칸의 여운임을 알게 돼

세상일 하나씩 지워가며 또 가꾸며
꽃이 필 땐 늘 그렇듯 앞산 쪽을 보리라
봄날에 잦은 초조함을 호미 끝이 눌러준다

밭둑 걸음 2

번지는 나팔꽃의 줄을 바짝 쳐올리거나
흩어진 감자알 굴려 무료함을 달랠 때 흠집만 골라
담아도 사랑이 핀다, 고향…

어미 노릇 2

누워 지낸 딸아이 걷게 만든 그 어머니

세상을 잠행하는 경이로운 강에는

갈래가 두렵지 않은

큰 너울이 있다

풀은

하루에 몇은 꼭 질러놓고 내려와
산책길 강아지 똥
똥 밟고 중얼거릴 때
아무 일 없었다는 듯 풀은 더 하늘댄다

여기 찔끔 저기 찔끔 세상에 많은 허방
사철 좋은 숲속
낯설어 중얼거릴 때
들추면 따끔할 거라 풀은 또 덮어준다

추분의 길이만큼

발 벗고 목 축이던 인적 뜸한 평상 위로

그늘 절반쯤이 말없이 지고 없다

시간을 벗은 것 같아 손부채도 접는다

걸터앉아 뭉갠 날들 감회 점점 깊어지고

돌아보니 반생이 부질없이 지나버려

또 한 번 경건해진다

추분의 길이만큼

해설

무상한 삶에
가없는 깊이와 위안을 주는 시의 위용

이경철 문학평론가

"돌아보지 않아도 보이는 길이 있어/ 일손 다 제쳐두고 선뜻 나서는 곳은/ 하나쯤 열어두었던 문 나에게로 가는 길// 아직 내게 높은 저 산을 찾아가자/ 산색이 변하면 다짐도 멀 것 같아/ 머리채 흔들리는 갈대 가뭇한 나 찾는 길"(「회로」 전문)

삶과 서정과 불심佛心을 일체화하는 시의 고투

제만자 시인의 다섯 번째 신작 시조집 『아직 곁에 두고 있어』에는 시를 쓰는 고투苦鬪의 흔적이 녹아들어 있다.

그 고투는 좀 더 인간답게 살려는 시인의 삶의 흔적에 다름 아니다. 그럼에 시가 진솔하고 깊이 있게 읽힌다.

그런 시편들에는 서정이 배어 있다. 그렇고 그렇게 표나게 드러낸 감상적 서정이 아니라 우리네 삶의 진국 같은 짧으면서도 옹골찬 서정이다. 나와 너, 삼라만상은 결국은 하나이고 그것을 느끼는 순간은 영원으로 통한다는 서정시학의 뿌리에서 나온 서정성이다. 그런 서정은 우리 민족의 핏줄을 흘러내리고 있는 불교에 가 닿으며 가없는 깊이를 내장하고 있다. 하여 삶과 불교와 서정을 아우르며 우리네 가없는 삶의 양태를 어떻게든 시적으로, 생생하고도 구체적으로 드러내 좀 더 넓고 깊은 감동을 불러일으키려 애쓴 시조집으로『아직 곁에 두고 있어』는 읽힌다.

위에 인용한 두 수로 된 연시조「회로」는 삶과 서정과 불교와 시 쓰기가 연결된, 이번 시조집의 특장인 그 '회로'를 잘 들여다볼 수 있게 한다. 일손 다 제쳐두고 시 쓰는 삶과 시 쓰기가 들어 있다. 왜 시를 쓰는가? 나에게로 가기 위해서다. 자신, 인간의 본래면목을 찾기 위해서다. 그런 인간과 삶의 실상을 감동적으로 보여주며 많은 사람에게 위안을 주기 위해서다.

머리채, 온몸을 흔드는 갈대의 그 가없는 그리움의 가

을과 한 몸이 된 우주적 서정으로 이 시가 쓰이고 있음은 뒤 수 종장에 가서야 볼 수 있다. 천지가 휑하게 비어가는 가을날에 맞춤한 나이에 시인과 가을날의 서정을 합치시키며 삶, 인생의 깊이를 찾고 있는 시다. 형이하의 구체적 삶에서 형이상의 더 높은 경지를 불교와 서정을 하나로 아우르며 찾고 있는 시로 참 진솔하고도 깊이 있게 읽히는 시가 「회로」다.

　　부서져 가는 집에 나팔꽃만 올라가도

　　사방으로 흩어지는 바람 소릴 막아준다

　　그곳을 잃어버릴까 붙들어 지른 넌출

　　홀로 남은 사람의 마디 굵은 노래인지

　　속 문드러지는 통한 우지직 들리는 집

　　가리면 보이는 곳이 거기 또 있었네
　　　－「나팔꽃 집」 전문

나팔꽃 줄기 억세게 올라가 꽃을 피우고 있는 허물어져 가는 집을 소재로 두 수로 쓴 연시조다. 허물어져 가는 집을 어떻게든 지탱하기 위해 나팔꽃은 넝쿨을 뻗어 올려 꽃을 피운다는 발상에서 시인의 시 쓰는 자세와 고투를 읽을 수 있다. 우리네 무너져 가는 삶에서도 시가 있기에 그래도 삶의 깊이를 맛보며 또 희망을 잃지 않는 것 아니겠는가. 속 무너지는 통한의 삶일지라도 거기서 깊고 깊은 삶의 의미를 생생히 끌어내 우리네 삶을 위무하는 게 시 아니겠는가. 그런 올곧은 삶에서 시를 길어 올리겠다는 의지와 그것을 또 어떻게든 서정화하겠다는 시적 자세가 돋보이는 시다.

사십 년 묵은 재봉틀 아직 곁에 두고 있어
떠밀려 왔다지만 그때는 그랬다고
세월이 얹은 당부를 계산 없이 받아 왔다

(중략)

풀리면 다시 잇고 안 풀려도 무릅써야 할
알고 보니 길이란 다 하나로 연결되어
장황히 말할 수 없는 증표라서 뒤본다

－「아직 곁에 두고 있어」부분

이번 시조집 표제작인 세 수로 된 연시조 첫째 수와 마지막 수다. 40년 묵은 오래된 재봉틀과 재봉질을 소재로 우리네 삶과 시 쓰기의 속내와 요체를 그대로 보여주고 있는 시다.

첫째 수에서는 일상의 삶에서 실존의 의미를 찾아내고 있다. 대책 없이 던져진 삶이지만 그래도 그 삶 속에서 의미와 재미와 희망을 봐내고야 마는 게 삶의 의미이고 시 쓰기 아니겠는가. 마지막 수에서는 재봉질에서 삶의 의미와 이유를 찾아내고 있다. "풀리면 다시 잇고 안 풀려도 무릅써야 할" 서툰 삶의 내력에서 길이란 다 하나로 연결돼 있다는 우주적 이치, 도道를 실감으로 깨치고 있는 시다. 그런 깨침의 과정을 오래된 재봉틀과 재봉질의 증표로써 쉽게 쉽게 드러내 친숙하면서도 깊이 있게 읽히는 시다.

번지는 나팔꽃의 줄을 바짝 쳐올리거나

흩어진 감자알 굴려 무료함을 달랠 때 흠집만 골라 담아도 사랑이 핀다, 고향…

－「밭둑 걸음 2」전문

3장 6구 45자 내외의 단시조다. 기승전결起承轉結의 시
조 구성미학도 잘 지키고 있는 시다. 그런데도 한 장을 한
행으로 잡는 시조의 정통 기사법에서 살짝 벗어나 행을
자유롭게 나누고 있는 시다. 초장을 한 행으로 잡고 중장
과 종장을 이어 한 행으로 잡아놓고 있다.

　나팔꽃 줄기를 쳐올리고 감자알 펼쳐놓고 상하지 않은
튼실한 것들만 고르는 일상 행위를 그대로 그리고 있는
데도 깨달음과 서정이 피부에 살갑게 와닿는 시다. 와닿
는 느낌, 교감으로 삼라만상과 통하는 게 서정이고 그런
서정은 또 접화군생接化群生하며 만물과 하나 되는 도통道
通으로 이어지기 때문이다. 일상의 체험과 속내를 진술하
게 말하면서도 서정으로 도통해 가는 이런 시를 보면 우
리 민족 서정을 가장 현대적으로 드러낸 박용래 시인의
시가 떠오른다. "눌더러 물어볼까 나는 슬프냐 장닭 꼬리
날리는 하얀 바람 봄길 여기사 부여, 고향이란다 나는 정
말 슬프냐." 박용래 시인의 「고향」 전문이다. 행 갈음도
없고, 마침표도 없는 산문시다. 앞뒤 고백적 진술 사이에
낀 "장닭 꼬리 날리는 하얀 바람 봄길"이라는 서정이 압권
이다. 나는 위 「밭둑 걸음 2」도 이렇게 행을 나누지 말고
그냥 산문시 형태로 쭉 이어지게 했으면 좋겠다. 그리고

나서 두 시를 비교해 보니 똑같이 시조 단수를 산문시 형
태로 쓴 시가 된다. 삶에서 우러난 진솔한 서정에 "흠집만
골라 담아도 사랑이 핀다"라는 대자대비大慈大悲의 깨달음
이 피부에 와닿게 담긴 「밭둑 걸음 2」도 「고향」 못지않게
절창 아닌가.

이렇듯 이번 시조집 『아직 곁에 두고 있어』에서 제 시
인은 옹골찬 서정을 펴고 있다. 삶에서 간절히 우러난 서
정이기에 진솔하다. 그리고 그런 서정은 불심佛心을 토대
로 도통에 이르려 하기에 깊다.

너와 나, 삶과 시를 하나로 이으려는 옹골찬 서정

하행선 기차를 타고 돌아오는 길이다
둔탁하게 부딪는 날이 선 바퀴 소리가
사나흘 떠났던 집을 더 멀리 갖다 둔다

걸음을 재촉하는 창밖도 늦은 시월
마음에 실리는 것들 구멍이 송송한 채
먼 길에 지친 몸 끌고 흔들리며 가고 있다
　　－「밤길」전문

첫째 수 초장부터 진술해 놓았듯 기차를 타고 집으로 내려오는 정황과 심사를 담담하게 쓰고 있는 두 수로 된 연시조다. 그런 심사에 귀소본능이 속 깊게 묻어나 있다.

집에 빨리 돌아가고 싶지만 집은 자꾸만 멀어지고 있다는 상반된 마음. 그래 귀소본능을 차안此岸에서 피안彼岸, 이승에서 저승까지 펴고 있는 시다. 그런 본능과 갈수록 휑 비어가는 가을의 서정이 겹치고 있다. "마음에 실리는 것들 구멍이 송송한 채"라는 절창에 그런 가을날의 서정이 순하면서도 아프게 묻어나고 있다.

어린 날 객지 나가 키만 쑥 커서 온

못 올 곳 온 것처럼 마당 밖에 서 있는 이

아무도 몰라라 한다, 낯설은 빈집이다

옥수수 익었다며 쫓아오는 권속 있나

차라리 몸을 던진 날짐승 힘이 더 낫다

고향에 쌓이는 것은 훨훨 타는 껍질뿐

    –「옥수수」 전문

  마당에 키 큰 옥수수만 익어가는 옛 고향 빈집을 그리고 있는 시다. 그런 옥수수와 객지에 살다 오랜만에 옛집에 돌아온 시인의 심사가 아프게 겹쳐지고 있다.

  한창 시절에 그 그립던 향수도 이제 빈 껍질이 돼가는 나이. 옥수수와 날것들 등 삼라만상과 한 몸이 되어 살던 옛 고향, 그 향수를 아프게 그리고 있는 시다. 그런 아픈 향수를 너무 압축해 보여주려다 뒤 수에서는 서정적 표현이 겹쳐지지 못하고 그만 비약해 버려 아쉬움이 남는 시다.

나비는 날아서 꽃 속에 뛰어들고
꽃잎에 뛰어든 나비는 꽃이 된다
드디어 기다린 봄이 이랑마다 피겠다

등불이 켜져 있을 바다에 접어들자
거리를 두고 살던 아득했던 저 길로
영롱한 눈빛들 살아 물소리를 내며 온다

돌아보면 소중한 거 오롯이 남겼던 거
손잡고 안아보고 아픈 가슴 내려놓고
이 봄에 꽃이 피는 건 우리 다시 꽃 되라고
 ―「꽃 따라 나비 따라」 전문

  꽃과 나비, 그리고 시인이 순하게 겹쳐지고 있는 세 수
로 된 연시조다. 좋은 그림이나 풍경을 보면 우리는 흔
히 "참 서정적이다"라고 말하곤 한다. 그리고 우리의 감
각과 마음에 촉촉하게 젖어드는 예술 작품을 보았을 때
도 서정적이라고 표현하곤 한다. 시는 물론 모든 예술 작
품을 작품이게끔 하는 기본이며 바탕인 서정에 대한 정
의는 난해하고도 구구하다. 나는 그런 서정을 한마디로
"너와 나의 외로움이 순하게 겹쳐진 순간의 감흥"이라 쉽
게 말해버리곤 한다. 위의 시 「꽃 따라 나비 따라」에는 그
런 서정적 자질이 아주 빼어나면서도 모범적으로 드러나
있다.
  첫째 수에서는 꽃과 나비가 순하게 겹치고 있다. 그리
하여 이 세상의 봄을 부르고 있다. 서로 겹치지 못할 때 기
다림을 부르고, 그것이 또 우리네 삶의 알파요 오메가인
그리움이 아니겠는가. 첫째 수에서는 그렇게 너와 내가

합치되며 그리움을 해소하고 있다. 둘째 수에서는 너와 나의 거리가 해소되고 있다. 그 거리는 너와 나 사이의 거리일 뿐 아니라 과거와 현재와 미래 시간 사이의 거리다. 그런 시간 사이의 거리가 사라지니 옛날 순정했던 시절이 "영롱한 눈빛"이 되어 살아오는 것이다. 마지막 수에서는 너와 나의 거리, 시간의 거리가 사라진 순수 서정 세계의 본모습을 보여주고 있다. 너와 나 헤어져 "아픈 가슴 내려놓고" 삼라만상이 하나 되어 봄 세상을 만끽하고 있다.

그러한 서정적 세계를 구가하는 서정시학의 요체는 너와 나는 하나라는 '동일성의 시학'이다. 거기에 더해 너와 내가 감응하는 순간에는 과거 현재 미래가 분간 없이 함께하고 있다는 '순간성의 시학'이다. 이러한 서정의 양대 시학이 순하게 겹치고 있는 시가 「꽃 따라 나비 따라」이다.

가지마다 꽃눈 틔워 매화꽃 한창인데
고운 길 그 길에 자리 펴고 누운 형님
이 봄은 저 가지 끝에 안타까움만 없히겠네

언제 한번 오너라 재촉하듯 불러놓고

이승을 건너신다, 많고 많은 사연 엮어
장단에 날리는 꽃잎 그 시름을 다 푸시나

잠시 붉었다가
허무하게 시드는
우리 슬픈 날도
저 봄풀에 질 것 같아
멀거니 뒤돌아보며
가는 봄을 또 맞네
　－「매화꽃 아래서」 전문

　매화꽃 피어 봄은 오고 있는데 그렇게 오고 가는 봄을
안타깝게 맞고 보내고 있는 세 수로 된 연시조다. 너와
나, 그리고 가고 오는 시간이 순하게 합치되는 세상은 서
정적 유토피아일 뿐이다. 우리네 실제 삶에서는 그 사이
에 간극이 벌어지게 마련이다. 그런 간극이 있어 그리움
과 한을 부르고, 그런 간극에서 서정시는 긴장되게 쓰이
는 것이다. 그런 간극을 가운데 수에서는 죽음을 맞고 있
는 형님의 실제 상황으로 잘 보여주고 있다. 실제 우리는
기다림과 그리움 속에서 봄을 맞고 보내만 왔지 봄날을
언제 한번 흐드러지게 만끽해 본 적이 있었던가. 그게 또

무상한 우리네 일생 아니겠는가. 그런 서정적 간극을 실제 삶의 상황으로써 생생하게 드러내고 있는 참 좋고도 아픈 서정시로 「매화꽃 아래서」는 읽힌다.

저 다리를 못 건너고 한꺼번에 가라앉았다

사투를 벌이다 남은, 검디검은 흙의 맨살

그마저 다 타버렸으니 가을 소식 더 휑해

넘쳐서 하나가 된 길은 서로 말을 트고

개망초 번진 언덕 응어리마저 솟구쳐

이제야 물이 뜨겁다는 말 가슴에 와 박힌다

너덜너덜 덮어버린 어제 일도 사라졌다

못 지켜 내몬 것에 댓잎 소리 들리는데

세상이 버린 잔뼈를 물빛에서 봐야 한다

－「범람」전문

　폭우와 폭염을 지나고 마침내 가을이 오고 있는 정경
과 속내를 그리고 있는 세 수로 된 연시조다. 세 수의 각
장을 넓게 연으로 처리한 여백의 공간에서 더 많은 말을
넘쳐나게 하고 있는 시다.

　첫째 수에서는 제목처럼 홍수, 범람을 그리고 있다. 물
이 범람한 흙의 맨살을 폭염이 내리쬐어 검게 태우고 있
다는 데서 지난여름 유사 이래의 폭우과 폭염을 그대로
떠올리게 하고 있다. 둘째 수에서는 범람해 길과 들판이
구분 없이 뒤범벅이 된 세상으로 오는 가을을 그리고 있
다. 휑하면서도 다시금 개망초 하얀 꽃으로 구분 없이 덮
이는 세상에서 뭔가의 깨달음을 드러내고 있다. 셋째 수
에 와서는 그런 깨달음, 각성이 깊어지고 있다. 가을 휑
한 세상을 부는 댓잎 소리를 듣고 점점 맑아지고 차가워
지는 물빛을 바라보는 서정에서 각성의 의지를 드러내고
있다.

　이처럼 『아직 곁에 두고 있어』에 실린 시편들은 서정을
잘 갈무리하고 있다. 너와 내가 하나가 된 서정적 유토피
아를 향하면서도 결코 이완된 감상적 서정이 아니다. 너
와 나의 틈, 그 간극에서 간절한 서정이 우러나와 긴장되

게 읽힌다. 나아가 그런 긴장된 서정은 또 세상의 이치에
대한 깨달음을 향하고 있어 깊이 있게 읽힌다.

서정에 깊이를 더해주는 몸에 배 자연스러운 불심

> 보리암 단풍 길이 인파 속에 더 짙다
> 이런 일 저런 일에 휘어진 가지가지
>
> 내 몸이
> 무겁다 해도
> 저만큼은 붉겠나
>
> 모르는 사람 속이 절로 비치는 이쯤에
> 그 많던 잡념조차 하나임을 알 수 있어
>
> 내 안이
> 텅 빈다 해도
> 저만큼은 희겠나
> ―「저만큼은」 전문

가을 단풍놀이 인파 속에서 떠올린 두 수로 된 연시조
다. 많은 사람과 함께 붉은 단풍잎 길을 걸으며, 또 쏟아
지는 환한 햇살 속을 걸으며 문득 모두가 하나가 되고 또
텅 비어지는 각성의 체험을 진솔하게 드러내고 있는 시
다. '보리암'이란 불교 사찰로 가는 단풍 길이어서 그런
가, 무거운 마음과 분별하는 마음을 다 내려놓고 성불成佛
하려는 자세를 서정적으로 드러내고 있는 시다.

군이 불자가 아니더라도 우리 민족의 시에는 불교적
깨달음이 원체험이나 문화의 원형처럼 배어 있다. 우리
역사 및 문화를 전방위적으로 통찰한 최남선은 일찍이
"조선 고금古今의 문물은 직간접 불교의 감화를 받지 않은
것이 거의 없다"라고 했다. 그리고 민족 전통의 시조야말
로 그런 조선심을 드러내기에 가장 적합한 장르라며 근
대 들어 최초의 개인 시조집인 『백팔번뇌』까지 펴낸 시
조시인이다. 그래서 그런가. 제 시인의 이번 시조집에도
조선심의 바탕인 불교가 알게 모르게 스며들어 있다. 불
교적 각성이 자연스레 드러나며 서정의 깊이를 더해주고
있는 게 이번 시조집의 특장이다.

노숙자의 저 흰 운동화

걸음 멈춘 절간 같다

생각하면 간절한 옷깃 스친 인연인지

통로에 벗어둔 신을 밀치고는 못 지난다

걸터앉던 돌계단에

베개 삼고 드러누워

바람에 꿈쩍 않는 비 젖은 낙엽같이

저토록 나뒹굴어져 가슴 멍해 못 지난다
  ―「흰 것에 눌리다」전문

 흰 운동화를 벗어놓고 노상에 나뒹굴어져 돌을 베개
삼아 얼굴을 감싸 쥐고 잠든 노숙자와 그 운동화를 소재
로 쓴 두 수로 된 연시조다. 그런 모습을 보며 느낀 심사를
진솔하게 펴고 있는 이 시에도 불교가 자연스레 스며들
고 있다.
 "옷깃 스친 인연"이라는 표현에서보다 그런 노숙자를

보고 그냥 지나치면 죄가 된다는 대자대비한 마음이 그
대로 다가오는 시다. 어떤 대상과 마주쳤을 때 가슴 찡한
진솔한 느낌 그 자체는 서정이다. 그런 서정에 깊이를 주
는 것이 시인의 몸과 마음에 자연스레 배어 있는 불교, 불
심이다.

> 두 식구만 남아 밥솥 또한 작아지고
> 손때라도 지우듯 치울 것도 많은 나이
> 욕심의 그릇을 덜면 더 낮아도 넘친다
> ―「그릇」 전문

　일상에서 나왔으나 마음먹고 불교적 주제를 전하려 한
단시조다. 초장, 중장은 현재의 생활과 심사에서 우러나
아주 사실적이고 자연스럽다. 그러다 종장에서는 불교의
진리를 그대로 진술하며 결론을 맺고 있는 시다.
　이처럼 이번 시조집에는 불교에 직간접적으로 감화된
시편들도 많이 눈에 띈다. 불교시로 읽히면서도 생활과
심사에서 사실적이고도 자연적으로 우러나와 표 나게 불
교를 앞세운 시편보다 더 감화, 감동력이 크다.

> 봄날 돌담 아래 할미꽃 하나 피어

꽃지짐 뒤집다 말고 가까이 귀를 대면

문 없이 들어선 절간에
번져오는 종소리

자리마다 시끌벅적 새긴 뜻을 담아내는
살면서 얽힌 우리, 인연도 깊디깊어

빈터도 터전인 것을
우뚝 솟은 부처 하나
 ―「또 하나의 부처 ― 화전시회 때」전문

　부제 '화전시회花煎詩會 때'처럼 꽃잎 따 전을 부쳐 먹으
며 시회를 가질 때 터져 나온 두 수로 된 연시조다. 제목을
'또 하나의 부처'로 잡아 불교시를 표방하고 있는데도 시
가 사실적이고 서정적이다. 그래 '부처'나 '불법'이, 가 닿
을 수 없는 먼 존재나 이치가 아니라 우리네 일상 속에 살
아 있음을 자연스럽게 드러내고 있는 시다.
　어느 산속 대가람 강원에 '선불장選佛場'이란 당호가 붙
어 있기에 저게 무슨 뜻이냐고 선지식에게 물은 적이 있
다. 그랬더니 뜻대로 그냥 단순히 읽으라 한다. 순간 확

깨침이 왔다. 부처는 멀리 딴 데 있는 사람이 아니라 우리 중에 깨침에 있다고. 위 시를 보며 그런 우리 속의 부처님을 만나는 깨침이 실감으로 확 다가왔다. 그리고 시와 깨침의 삶이 둘이 아니라 하나임이 아주 자연스럽게 다가왔다.

어제 못 버린 것을 다 쓸고 지나가는

참지 못해 내뱉은 말 자란 만큼 달래는

새벽녘 치는 도량석

저건 분명 설거지다
    ―「설거지」 전문

절에서 새벽 예불을 드리기 전에 도량과 마음을 청정하게 하기 위해 하는 '도량석'을 소재로 한 단시조다. 그런데도 제목을 '설거지'로 잡았다. 그런 도량석이 절간의 풍물에 지나는 것이 아니라 시인의 마음속에 철저하게 배어들었기 때문이리라. 이렇게 시인은 불교를 단순히 소재적, 풍물적 차원이 아니라 철저하게 내면화, 서정화하고 있다. 그리하여 불교가 아니라 우선 좋은 서정시가 되게 하고 있는 것이 이번 시조집의 특장이다.

인터넷 공간이나 가상현실, 인공지능이 세를 더해가며 인간의 정체성 혼란을 가중하고 있다. 이런 때일수록 우리 사회와 인간의 정체성을 찾기 위해 불교가 더 넓고 깊숙하게 시에 들어오고 있다. 불교시, 선시가 시단에 일반화되면서 불교적 세계가 주제화되지 못하고 그저 풍물적, 소재적 차원에 머물고 마는 시편들도 여전히 많이 쓰이고 있다. 반면 불립문자不立文字의 난해한 선 문법에만 기대 진정성을 의심케 하는 의뭉스러운 시편들도 눈에 많이 띈다. 이런 시들의 문제는 불교의 영향을 받았거나 일부러 기댔으나 시로서 엄연하지 못한 데 있다. 내면화가 안 돼 서정적으로 형상화되지 못해 시의 가장 큰 덕목인 감동의 소통이 안 되는 게 문제다. 이런 때 불교를 내면화해 절절한 서정으로 묶어 풀어내고 있는 이번 시조집의 불교 시편들은 충분히 주목받을 필요가 있을 것이다.

삶과 시가 어떻게 깊어지고 있는가를 보여주는 시 쓰기

날出 때보다 들入 때를 아는 바람에 깼다
기세가 시들해진 풀숲을 뒤덮으며
생각할 그런 일 없이 곰곰함이 더해진다

소나기 훑고 지난 벌건 대낮 산동네에선
한바탕 울어대던 굽 낮은 그 새가
어디든 머물고 싶어 걸림 없는 길을 갔다

누구는 정수리에 서리가 내렸다 하고
이 무렵 해거름엔 젖은 손이 찰 법해서
어떻게 가벼워지나 되묻는 일도 많아진다
　　－「백로白露에」 전문

　제목에 밝힌 '백로'처럼 찬 이슬 내려 본격적으로 가을
로 접어드는 절기와 그런 나이의 심상을 펼쳐놓은 세 수
로 된 연시조다.
　첫째 수에서는 피부에 파고드는 바람의 서늘함과 한풀
꺾여가는 풀들의 푸른 기운을 아주 서정적으로 묘사하고
있다. 그러다 종장에서는 일없이 곰곰해지는 가을의 심

상을 전하고 있다. 둘째 수에서는 마지막인 양 후드득 지나가는 소나기와 한바탕 낮은 소리로 구슬피 우는 새소리를 공감각적으로 겹쳐지게 하고 있다. 그러다 종장에서는 귀소본능을 떠올리게 하고 있다. 마지막 셋째 수에서는 흰머리 서리처럼 내려 절기로 치면 백로에 맞춤한 나이를 떠오르게 하고 있다. 중장에서는 그런 나이와 절기를 차다는 감각으로 겹치게 하고 종장에서는 계절 가을과 그런 나이의 심상을 진하고 있다. 모든 걸 떨궈가는 가을처럼 "어떻게 가벼워지나 되묻는 일"이 머리에 서린 내린 나이의 일반적 심상 아니겠는가. 특히 "어디든 머물고 싶어 걸림 없는 길을 갔다"란 둘째 수 종장에서 귀소본능과 허공에 흔적을 남기지 않는 새의 비행에 보이는 불교적 무상無常의 양가兩價 감정을 교묘히 접합하며 서정의 깊이를 더하고 있는 시다.

위 시는 또 제 시인의 시작詩作 자세를 잘 들여다볼 수 있게 하는 시다. 피부에 와닿는 감각적 서정이 어떻게 내공의 깊이로 파고드는지를 들여다볼 수 있는 시다. 그래시, 시 쓰기가 어떻게 우리네 일반적 삶의 구원이 될 수 있는지에 답하고 있는 시로도 읽힐 수 있다.

거치대 영상 보며 뼈를 깎고 꿰매는 일

그대로 뼈저린 시간 참 못 할 짓이었다

병명은 이면지 끝에 자잘하게 명시됐다

선택의 여지 없이 숨 막히게 에이는 살

내 안을 다독이다 결국엔 무너지며

터져서 쏘아붙인 말 살따구가 아프다
　－「살따구」 전문

　제목처럼 '살'의 사투리인 '살따구', 음상 이미지를 형
상화한 시처럼 읽힌다. '살따구' 하면 살과 뼈의 합성어처
럼 보이고 그 음상도 극악하고 뼈저리게 느껴지지 않는
가. 두 수로 된 연시조 첫째 수 초장부터 뼈를 깎고 살을
꿰매는 일이라고 그런 살따구의 음상 이미지가 그대로
드러나고 있지 않은가. 실은 그런 수술을 받은 일을 실제
소재로 삼으면서도 그런 '살따구'라는 말의 이미지가 이
끌고 있는 시다. 그러면서 뼈를 깎고 살을 에는 시 쓰기의
어려움을 토로하고 있는 시로도 읽힐 수 있다. 이처럼 이

번 시조집에는 시 쓰기의 고통 등 시작 과정을 진솔하게
살펴볼 수 있는 시편들도 적잖게 눈에 띈다.

다시 겨울이다
뜨개방 불이 켜지고
첫눈 소식 기다리는 여인 서넛 뒤로
낮잠에 빠져도 좋을 안온함이 흐른다

어제나 다를 바 없어 버릇처럼 꺼내 든 건
아버지의 처진 어깨 아들들의 시린 목덜미
풀릴 듯 풀리지 않아 옷은 자꾸 길어진다

삶은 늘 누구에게 흔들리며 살 일이라
보슬한 실타래같이 끊어질 듯 잇는 기억
밖에는 봄 오는 소리 난다
한두 달 잘 앓았다
　－「뜨개방」 전문

제목처럼 '뜨개방'을 소재로 한 세 수로 된 연시조다.
겨울이 오자 여인들이 뜨개방에 모여 식구들 옷을 뜨개
질하는 풍경과 속내를 그리며 한겨울을 나고 있는 이 시

를 우리네 인생과 시 쓰기의 마음으로 읽어도 좋겠다.

첫째 수에서는 겨울이 와 뜨개방이 열리고 거기서 뜨개질을 하는 풍경을 그리고 있다. 털실의 감촉만큼이나 따뜻하고 편안하게. 둘째 수에서는 언제나처럼 그렇고 그런 버릇 같은 뜨개질이 펼쳐진다. 풀릴 듯 풀리지 않는 뜨개질은 우리네 삶, 일상으로 확대된다. 셋째 수에서는 앞 두 수의 뜨개질을 종합해 초장부터 "삶은 늘 누구에게 흔들리며 살 일이라"는 평범한 깨달음으로 시작된다. 그런 각성, 깨달음에 이르면 겨울은 이미 가고 봄이 오고 있다. 마지막 수 종장 후반구 "한두 달 잘 앓았다"에 이르면 그게 살아가는 일이고 또 시 쓰는 아픔임을 확연히 확인시켜 주고 있다. 그것을 인생 전체로 확산시키기 위해 시인은 뜨개질하며 시간을 굳이 겨울에서 봄으로 넘기고 있을 것이다. 오늘의 일이 어제와 같은 버릇 같은 일상이지만 남들과 어우러지며 흔들리며 사는 게 우리네 삶 아니겠는가. 그런 삶에서 뜨개질하듯 따뜻한 의미를 찾아내는 게 시 쓰기고 시 아니겠는가.

뭔가 생각난 듯 길거리서 여자가 운다
고개를 떨굴 만한 마땅한 일 무엇일까
마주쳐 민망할 즈음 신호가 바뀌었다

세상 북받침도 내 탓처럼 미안해서
가까운 십리대밭 길 자욱한 숲에나 가
스스로 순수해지는 그 여유를 건넬까
  -「눈물에 머문 시」전문

　길가에서 우연히 마주친 모르는 여자의 슬픔에 그대로
교감하고 있는 두 수로 된 연시조다. 우리도 마주친 사람
들의 표정이나 풍경 등에서 그런 슬픔과 환희에 불현듯
촉촉이 젖어든 경우가 종종 있었을 것이다. 그것이 서정
의 순간이다.

　앞 수에서는 그런 서정의 순간적 교감을 있는 그대로
드러내고 있다. "민망할" 정도로 사실적으로 그리고 있
다. 뒤 수 초장에서 "세상 북받침도 내 탓처럼 미안해서"
라고 할 정도로 시인은 세상과 민감하게 교감하고 있다.
미안함의 연민, 대자대비한 마음으로 교감하고 있다. 그
러면서 현실과는 좀 떨어진 정결한 장소 "십리대밭 길"에
가 그런 마음을 둘러보고 있다. 순진무구한 본심을 둘러
보며 "순수"를 건네고 있다. 슬픔을 같이 울어주는 곡비哭
婢이며 순수 혼을 돌려주는 영매靈媒가 시인의 본래면목
아니겠는가. 그게 또 이 첨단 문명 시대 시의 여전한 효험

아니겠는가.

제만자 시인의 이번 신작 시조집『아직 곁에 두고 있어』는 그렇게 시인과 시의 본분을 충실히 보여주고 있어 믿음직스럽다. 우리네 일상적 삶 속에서의 깨달음을 서정적으로 잘 형상화하고 있는 시조집이다.

삶과 서정과 깨달음과 시가 따로 놀게 하지 않고 일치시키려는 삶과 시 쓰기의 고통의 흔적이 진솔하다. 그런 진솔함이 아프고 서러운 우리네 삶에 더없는 위안과 깊이를 주고 있다. 계속 이런 올곧은 시 쓰기 자세로 큰 시인의 길 걸으시길 빈다.

제만자

경남 양산 출생. 1989년《시조문학》천료. 시조집『행간을 지우면서』
『화제리, 그 풀잎』『붉어진 뜰을 쓸다』『강을 보는 일』(세종도서 문학나눔
선정), 현대시조 100인선『기점』, 수필집『주부는 바다 보아라』. 제4회
전국시조백일장 장원, 성파시조문학상, 부산문학상 대상 수상.
m-ja1956@hanmail.net

아직 곁에 두고 있어

—

초판 1쇄 2023년 10월 25일
지은이 제만자
펴낸이 김영재
펴낸곳 책만드는집

—

주소 서울 마포구 양화로3길 99, 4층 (04022)
전화 3142-1585·6
팩스 336-8908
전자우편 chaekjip@naver.com
출판등록 1994년 1월 13일 제10-927호
ⓒ 제만자, 2023

—

* 본 도서는 2023년 부산광역시, 부산문화재단 〈부산문화예술지원사업〉으로
지원을 받았습니다.

🏷 부산광역시
BUSAN METROPOLITAN CITY
ㅂㅁㅎㅈㄷ
BUSAN CULTURAL FOUNDATION
부산문학재단

—

ISBN 978-89-7944-848-1 (04810)
ISBN 978-89-7944-354-7 (세트)